KB135522

당당한 가벼움

유상열 시집

딸의 짧은 지상의 삶에게

이 시집을 바친다.

문학의전당 시인선
0279

당당한 가벼움

유상열 시집

문학의전당

시인의 말

어딘가에 가닿고 싶은 것이 사람의 본질일 것이라 믿는다.
그럼에도 사람은 결코 어디에도 닿지 못할 것이라는 것 또한 믿고 있다.

누군가에게, 무엇엔가, 어딘가에 닿고자 하는 욕망이 다만 우리를 살게 할 뿐이다.

오래전부터 시에 가닿고 싶었다.
그리하여 시가 내 영혼은 물론 내 살결까지도 어루만져 주기를 바랐다.

작은 나무 잎사귀 떨어져 냇물에 떠내려간다.
어디쯤에 이르러 닿고 싶을 것이나 그때쯤 세상의 자양으로 돌아갈 것이다.

2018년 4월
유상열

차례

제2부

제3부

제4부

제1부

구름여관으로 가는 계단

그대 결국은 떠나갈 테지요
내 말들은 정말 성가셔
더 이상 들을 수 없었던 것이 분명하다고 생각할 테니
결국 성가신 내 말은 거짓말이 되겠지요
세상에 둘도 없는 거짓말
그때 나는 구름여관을 만들 거예요

구름까지 오르는 계단은 어떻게 만들까
궁리를 해보아도 생각이 나질 않아요
계단만 만들면 구름여관을 만드는 것은 별일도 아니어요
구름의 뼈들을 묶어 계단에 잇대어
튼튼한 기둥을 만들고
여분의 구름을 모아 구들을 놓고
내가 올라앉은 구름 옆으로 흐르는
주인 없는 작은 구름으로
벽과 지붕을 만들면 그만인 걸요

세상의 일들은

그해 오월의 싱그런 눈물은
구름 벽돌을 고정하는 메지로 사용할 백시멘트여요
게으른 별들을 모아
입구에 꽃 같은 장식을 할 거예요
비가 살짝 들이칠 때 피어난 무지개로
간판도 만들 수 있지만
굳이 간판은 걸지 않을 거예요

그대에겐 관심 밖의 일이라 묻지도 않겠지만
내가 구름여관을 만들려는 건
나의 다디단 복분자술에 노랑초파리가 달려들기 때문이에요
저 하늘 구름여관에는 그런 일은 없을 테지요
깨끗하고도 붉은 눈물 같은 술을 마시며
세상에 알려지지 않은 시집 한 권
읽고 싶을 뿐이에요

그대 결국은 떠나갈 테지요

내 말들이 정말 성가셔
더 이상 들을 수 없었지만
유난히 빛났던 몇 마디 말은 기억해주세요
그 빛났던 말들이 구름여관으로 가는 계단이 될 거예요
그 계단이 세월이 흘러도
헐거워지지 않게 잘 매어 둘게요
그것이 구름여관의 증거가 될 거예요
단 하나의 계단이 될 거예요

포도가 영근다는 것에 대하여

언제부턴가 나는 포도알 속으로 들어가고 싶었다.
포도알 속의 그 사람을 만나고 싶었다.
경계는 단단히 결박되어 있고
매듭의 느슨함은 어디에도 없었다.
햇살이 직조되고 바람이 풀어내는 오후
여름 짙은 햇살이 포도알을 영글게 하지만
때로 넓은 포도 잎이
분주히 그 햇살을 한풀 꺾이게 하여
또한 영그는 것이다.

어느 슈퍼마켓에 놓여 있는 포도알을 유심히 보면
아직 영글지 않은 포도알 숱하게 쌓여 있음을
그 포도알의 개수를 세고 싶은 여자가 없다면
포도알 하나 똑 따서 입에 넣고는
입을 다실 때까지 아직 포도는 영글지 않았다.

포도가 정말 영글었다는 것은
포도알 속의 푸른 속살로 들어가

씨가 몇 개이며 과육의 질김과 부드러움
당도의 깊이를 재며
말하자면 그 겨울의 뿌리와
그 봄의 바람과
그 여름의 햇살을
일일이 측정하는 일일 것이다.

언젠가 나는 포도알 속으로 들어가고 싶었다.
약간의 바람과 햇살로 위장하고
내가 포도알 속으로 이르렀을 때
투명한 속살을 영글게 하는 것에 대하여 깊이 생각했다.

칡꽃

여름의 꼬리를 붙들었다.
바람과 함께 오므로 여름의 꼬리가 흔들거렸다.
꼬리가 흔들거려도 사정없이 물고 놓아주지 않았다.
여름의 선혈이 하늘로 땅으로 번져 흘렀다.
우주로 흘렀다.
애인은 칡꽃에 관하여 말하지 않았다.

칡이 웅숭그리며 얼마나 집요하게
자신의 살갗을 학대하며 살아왔는지
애인은 알 리가 없다.
지천으로 칡꽃을 찾아가면
칡꽃은 아무 데도 없게 마련이다.

하늘을 풍경으로 칡꽃을 찾지 마라.
상수리나무 칭칭 감아
그것 의지 삼아 꽃을 피운다는
세간의 소문에 집착한들
참으로 칡꽃을 찾을 수 없다.

그 생명이 돌밭도 거슬러 오른다는
그리하여 마침내 참다운 칡꽃의 아름다움이
거기에 있다는 수사에 속지 마라.

칡꽃의 원천은 땅속 깊이
유폐된 여자들만이 사는 세계에서
여름의 선혈로 만들어진 그리움의 눈물이다.
보랏빛 눈물만큼이나 애인이 처연하다.

불멸의 연인

자정으로 넘어가는 통로에서
푸른 전화벨 소리가 울렸다.
설핏 꿈속인가 했는데 사연 많은 여자의 음성이
사연을 뛰어넘어 수신된다.
너무 늦은 밤, 고요한 그 여자들의 이마는
꽃잎으로 물들어 가는 듯했다.

마지막 생에서
피워 본 적 없는 담배를 피우는 것은
살아온 생이 한꺼번에
머릿속에 적체되기 때문일 것이라고
나는 몇 번이나 보았던 영화를 다시 보았다.
나는 그 영화의 껍질을 하나하나 발겨내며
〈불멸의 연인〉*을 뼈째 삼키고 싶었다.
아마 씹을 때마다
검고 흰 피아노 건반이 허공으로 흩어지고
분노 또한 사랑의 다른 이름임을 알게 되리라.

그 여자의 머리맡에 놓여 있는 모든 길들은
축축하게 젖어 있다.
바로 저 방, 내가 문을 열 수 없는 방
눈물베개 적시는 소리가 들린 듯하여
꽃잎 지는 소리가 들린 듯하여
새벽이 되도록 달빛으로 가슴을 쓸어 내렸다.

나는 여자의 술 묻은 입술을 헹구어 주고
다시는 돌아올 수 없을 것 같은
깊은 밤의 통로로 돌아가
꿈속 강을 보았다.
강가에 으스름 저녁이 오면
수면 위로 튀어 오르는
숭어 떼의 찰나 같은 안타까움으로
미움 없는 사랑의 허망함에 대한 안타까움으로

---

*불멸의 연인: 베토벤 죽음 이후 유산 상속 문제로 베토벤의 여인을 찾는 버나드 로즈 감독의 영화.

무당벌레의 노을

해는 서쪽으로 지므로 내가 서 있는 이편에서 억산(億山) 뒤로 해가 억, 하고 넘어갑니다. 나의 하루가 넘어갔으나 나에게는 시작인 듯한 초롱한 저녁과 적적한 밤이 많이도 남아 있고 마지막 빛은 작년에 내가 심은 노각나무 두어 송이 하얀 꽃 붉게 물들입니다. 나의 시간은 남고 무당벌레의 하루는 넘어갔어요. 나의 시간은 많이도 남아 있고 무당벌레의 세상은 오늘이 끝이므로 저 노을은 무당벌레의 노을입니다. 무당벌레의 등은 윤기만 나지 않는다면 몇백 년 된 잘 섬겨진 사람의 무덤과도 같습니다. 억, 하고 진 해가 이내 붉게 물들이고 하늘은 무당벌레 등껍데기처럼 붉은 반구를 만들고 거대한 무당벌레의 노을이 세상에 번져갑니다. 무당벌레의 노을은 사람의 무덤과 하늘의 무덤처럼 물들어 갑니다.

푸른 안개

푸른 안개가 내 몸을 휘감았어. 내가 가는 모든 길은 안개의 길이었어. 바다에도 가고 산 깊은 암자에도 갔었지. 그때마다 어김없이 그곳에 있었지. 그 사람도 푸른 안개였지. 오랫동안 꾹꾹 눌러놓았던 울음이 터져 소리의 강을 만들었어. 그 울음은 엄청난 안개의 함정에 갇히게 된 예고편이었어. 밖은 온통 푸른 안개가 덮쳐 왔고 그 여자의 집 창문마다 슬픔의 안개가 몰려왔어. 69번 국도 산을 넘었을 때 절정의 안개가 앞을 가로막았고 그 사람은 그 안개만을 사랑했노라 말하고 있었어. 그 안개 외에는 사랑하지 않겠노라 말하고 있었어. 그 푸른 안개는 축축하지도 않았어. 끈적이지도 않았어. 우리가 걸었던 길마다 그냥 아무것도 아니라는 듯 깔려 있었어. 내가 걸으면서 잡아야 할 손이 없어 푸른 안개의 손을 더듬거렸을 뿐 안개의 손을 잡지는 않았어. 어제의 기억은 무의미하므로 허기를 자극하고 싶었고 빨리 무산의 시간이 왔으면 하고 바라기도 하였어. 돌아가는 길 곰탕집에서 우리 뒤를 쫓아온 안개들이 곰탕 그릇에 수북이 떨어져 있음을 그 사람은 눈치채지 못하였어. 내 눈물 한 움큼 떨어져 있음을 그 사람은 눈치채지 못하였어. 너무 오랜 안개였어.

안개 너머

안개는 땅속으로부터 온다는
여러 증거들을 나는 귓결에 들었지만
세상을 반풍수로 반평생만 살아도
알 수 있는 것이라

안개는 발밑에서 간질거리며 오고
스스로 냉각과 증발을 반복하여
건너 마을이 안개에 취하기도 하고
풀어지기도 하면서 살고 있는 중이니

안개 뒤에는
반짝이는 햇살 머금은
물 알갱이 움직여
땅속으로 스며드는 중이니

본질은 그 안개 너머에 있으므로
안개에 가려진 삶이란
참으로 처연한 것

기가 찬 것
안개의 두께만큼
한탄스러운 것

날이 밝으면 안개는 걷힐 것이나
마음은 늘 안개 속에 있다
안개 너머에
안개 저 너머에
아직 다 하지 못한 말 있으며
말하지 않고 마쳐야 할 생 걸려 있으니

배내재에서

가을비가 우산 위로 떨어지기 전 얼굴에 닿았다.
비가 꺾인 것은 바람 때문만은 아님을
배내고개의 갈림길에 서본 사람이라면 알 것이니
천황산 갈대길로 오르고 싶던 마음이 꺾여
젖은 바위에 앉아 비인 듯 구름인 듯
서늘한 손들을 붙잡았다.
가을 마디에서 바람맞지 않은 풀들 어디 있을까.
심지어 바람에 마구 흔들려
쑥부쟁이 고개를 흔들었을 때
모든 사람의 상처는 더 깊어가고
덧난 상처에 진물처럼 빗물 흐른다.

흔드는 바람에도 산국은 제 꽃잎 부여잡고
사랑하는 기억들 어느 하나 놓칠 수 없단 듯이
초라한 꽃잎 깨문 이빨이 야무지다.
무엇이 인연이랄 것도 없이
야무지게 서로 껴안고 있다.
배내터널은 짧아 산으로 기어오르는 자동차들

물보라 일으키며 잘도 통과되고,
나는 어느 때에 한번 물보라 일으키며
시원하게 그 사람 생의 뒤란까지 통과할 날 있을까.

영축산에서 거대한 백사가 꾸물꾸물
하늘로 오르는 것을 멀리서 바라보았다.
그 길을 통하여 고개만 넘으면
나 또한 무량함에 젖을 텐데
저 길 넘으면 나 보고 싶은 사람에게로 이르러
무진무진 그리움으로 재가 되었을 텐데
이제 산국의 고개는 꺾일 때에 이르렀지만
한번은 꼭 보고 싶은 마음으로
미련스럽게 찬바람 속에 떨고 있고
사무친 생각은 저만치 두고
천황산 갈대길로 오르는 길목으로 옮기는 것은
단지 내 발걸음이지 내 마음은 아니야.
육신에서 잘려나간 잘난 마음은
영축산 하늘길로 오르는 백사의 중년들 앞에 서 있었다.

청사포에서

그 사람이 좋아한 바다 청사포에
울며불며 바람처럼 달려갔습니다.
있어야 할 그 사람은 없고
쌀밥같이 흰 바다의 눈물만이
달빛에 떠 있습니다.
작년 이맘때쯤 아니면 훨씬 그 이전의 바다에
내가 아직 마음을 놓아
청사포의 눈물을 보지 못했을 때
그 사람은 아마도 청사포 깊은 어딘가에
물풀로 떠 흔들리며 있었을까요.

파도가 밀려오면
갯가에 있는 자갈들이 뭍으로 오는 것 같지만
그 밑에서는 또 한 무리의 자갈들이
물풀의 뿌리로 돌아가고 싶어
자지러집니다.

푸른 모래 같은 그리움의 바다 청사포에는

아직도 그 그리움 고스란히 두고 떠난
그 사람이 있을는지요.

바로 곁 선술집 비닐방풍막 속에서
캄캄한 바다를 무심히 바라볼 때
그 사람은 달빛 그림자로
내 곁을 스쳐지나 갔는지도 모를 일입니다.

이런 바람 부는 날에는
그 사람이 좀처럼 오지 않아
청사포에는 온통 그리움의
눈물만이 떠 있습니다.

고요한 함정

어디 대숲이 가까운가
바람 이는 소리 잔잔하여서
산의 초입에 이미 염천의 함정이
놓여 있음을 몰랐네
어쩐지 풍경조차도 쉬쉬거리며 등을 돌리네
잠시 나무바람이 분 것은
함정을 위장하기 위해서였지
민달팽이 징한 몸 끌고
습지의 끝을 놓지 않는 것이
위로가 될 줄 알았지
산속 깊이 능선이 나타나기 전까지
나무 그늘이 위로가 될 줄 알았지
살의를 품은 바람이
우리를 스쳐지나 간 것을 아예 몰랐지
하늘나리 고개 숙여 땅을 보는 산중 오후
염병 걸린 날씨 탓에
하늘도 지쳐 땅으로 떨어지네
멀리 협곡의 물소리 징.징.징. 멀어져

마음속 텅 빈 발자국만 바스락거리고
땀이 목줄기를 타고
등줄기를 타고 옷을 적시고
바지가 휘감겨 아랫도리의 힘을
소리도 없이 앗아갔네
산은 아무 소리도 없으므로
더욱 에는 듯한 불안이
첩첩 돌 사이, 층층 나무 사이에 감겨 있었지
멀리 물 흐르는 소리
견고하게 생각의 길을 만들어
상념만 많게 하였지
산나리 진홍꽃 천지에 풀어 염천의 함정을
발견하지 못했지
그날 고요히 산에 갇히고 말았지

야비한 사랑

길은 끊겼다
이곳에서 매복을 하다 보면
애초에 길이 아닌 곳으로 들어서는
어리석은 사람 한 명쯤은 걸리게 되는
그야말로 사람의 함정인 셈이다
돌아올 수 없는 곳에서 낙오되길 바랐다
나는 당황한 사람의 급소를 노렸다
일격에 목숨을 끊어
송두리째 그 사람을 집어삼켜
발기발기 찢어놓고 싶었다
이빨 사이에 끼인 살점조차 끝까지 쫓아
그 사람을 흔적도 없이 사라지게 하고 싶었다
오늘따라 왠지 바람이 기어오르며 숨이 차 헐떡거린다
아! 익숙한 냄새 코앞에서 아른거린다
일격에 급소를 찾아 당랑권 한 방 쏘고 싶었다
그 촌각을 기다려야 한다
꿈이었다

길이 열렸다 푸른 하늘이 보였다

매복한 적의 살기를 겨우 피해 능선에 올랐다

최후의 일격 당랑권을 피한 것은

마지막 촌각을 기다리지 않은 그놈의 실수다

실수라 한들 무림의 고수가 아닌가

팔의 살점들이 너덜거리는 것은 참을 만했지만

가슴의 통증은 깊이깊이 고통스러웠다

신산의 바람이 스칠 때마다 호흡이 깊어지는 듯했다

낙엽이 쌓여 길이 사라지고

혼미한 정신은 판단을 흐리게 하였다

관목의 파편들이 상처에 닿을 때마다 소스라쳤다

바람이 살의를 품고 있었다

아! 그놈의 추적은 집요했고 다른 방도가 없다

허리춤에 남은 마지막 자고를 만지작거리며

그놈의 정수리를 향해 일격을 주고

산 아래 탈출의 지점까지

비학권으로 몸을 던지는 수밖에……

꿈이었다.

별국수

야생 돌배를 따던 매미채로

야생 별들을 후려쳐 긁어모으니

그 자리에

또 다른 별들이 나타나 반짝인다

삶은 우리에게 무한한 별들을

쓸어 담으라 일렀으나

그동안 별의 언어를 알지 못해

그만두었다

하늘의 별은

지상에서도 반짝인다

낚아챈 별들로 국수가락을 뽑아

고명도 없이 가득 빛나는 국수 한 그릇

그 사람 후루룩 먹게 하고 싶다

모든 사람의 한 켠은

어두운 그늘 있기 마련이나
그 어둠조차도
탱탱한 별국수 한 그릇으로
반짝이게 하고 싶다

도라지청을 만들며

지난 저녁 오래도록 엄지 검지 지문 시커메지도록
흙 묻은 도라지 여섯 근 눈 쑤셔가며 다듬지 않았다면
지난여름 귀들목 백도라지꽃
다발다발 내 가슴에 저며 오지 않았다면
질기게 실뿌리 땅의 중심 움켜쥐지 않았다면
나 어찌 지금 가마솥에 지핀 아궁이 불 앞에 퍼질러 앉아
노래 한판에 목 갈라지는 그 여자를 생각이나 했을까
눈물 나는 춘향가 완판도 아닌 시금털털한 질금 가루 냄새
같은
짧은 유행가 한 소절에 콧구멍 실룩거리며
눈물 참는 그 여자 생각이나 했을까

매서운 바람이 유달리 많았던 지난겨울
흔들릴수록 뿌리 꼿꼿이 세우던 청보리알
비록 꽉 차게 여물지 않았지만
그 속에 매서운 바람 냄새 스미지 않았다면
하늘의 만사가 일일이 간섭하지 않았다면
밤마다 귀신처럼 나의 꿈을 두드리지 않았다면

오랜만의 강의에 신이 나 악쓰는 그 여자 생각이나 했을까

여름내 뜨거운 햇살 비추더니, 바람 불더니
야생의 돌배 사람 손 간 것처럼 살이 올랐다 한들
죄다 생채기 파다하여 어느 것 하나 온전한 것 없으나
그 생채기가 또 다른 한 생애의 단맛을 만들었음을 몰랐다면
눈물 매캐하게 흘리지 않아도 되었을 것을
마른 장작 아궁이에 가득 밀어 넣으며 그 여자를 생각했다

도라지청 한 됫박 익어갈 쯤
그리움도 눈치채지 못하게
내 마음의 화근내 바람에 날려 보낸다면
도라지도, 청보리도, 돌배도 아닌
출처도 모를 만한 마음을 담았으면 했다

사랑을 묻다

때죽나무 꽃 떨어져 빗물에 묻혔다
잠시 동안 그 꽃은
툭툭 튀어 오르며
마지막 호흡을 드러냈다

격정보다 고요가 더 빛난다고
가벼운 비의 무게에도
견디지 못하는가

그 꽃은
오래 볼 수 있도록
연무에 묻히는가

비 오는 날 보리암 외진 길
때죽나무 꽃 떨어져
땅에 묻혔다

제2부

인동초 같은

봄볕 한 움큼으로
갓 피어난 인동초 흰 꽃
겨울의 앙금으로 핀 꽃
오랫동안 바라보니
내 마음속 남아 있는 겨울바람이
그 꽃의 고개를 꺾어 버리고 말았다

그 겨울 인동초 같은
꺾어질 꽃 하나 두고
산방에 들어 사는 나 또한
사람의 마을에 가까이 가고 싶은 게다
아직 녹지 않은 잔설들처럼
흙 묻은 얼굴로 저만치 앞서가는
봄의 뒤태를 자꾸 살피는 것이
마음의 앙금 어지간히 깊은 게다
참말로 어지간히 질긴 게다

원룸

원룸에는 봄이 와도 구겨진 봄이 온다.
구겨진 봄에도 마음속 어디에는 노란 꽃 피어나
그 비좁은 세상 조금 밝혀주려고
닥지닥지 붙어산다.
날렵한 신도시 이면에는 뜬금없는 원룸들이 지천이다.
구석으로 돌다 보면 웬만한 삼층 건물도
열다섯 가구가 산다.
비에 젖은 열다섯 가구가 산다.

원룸은 다국적 노동자들같이
서로 말하지 않은 마음들이 산다
밀폐된 문 하나 열면 각자만의 세상이 걸어 나온다.
반 발에 주방으로 건너고 한 발에 화장실로 건너고
그 공간의 문을 열면
또 하나 마음의 원룸으로 건널 수 있다.
아주 짧게 걸어 다니다 보면
때로 건너지 못하는 마음이 있다.
애초부터 사랑하지 않았지만

그러면서 삼십 년을 함께 살아온
아내의 피부를 쓰다듬는 꿈을 꾼다.
분홍빛 세월들이 별처럼 쏟아져 내린다.

모두 마음속에는 각자 열리지 않은 원룸 하나씩
어느 누구는 열다섯 개
혹은 어느 누구는 열 개의 원룸을 보유하여
짭짤한 근심 등에 업고 살지만
어느 날 진례 공단으로 출근하는 베트남에서 온 젊은 놈
어느 날은 고모리 공단으로 출근하는
네팔에서 온 애늙은이에게
맥주 한 캔 사 주고 오는 날
나는 무슨 대단한 기부자가 된 듯
눈마저 그윽하게 감아보는 것이다.
이윽고 시대는 외롭고 외로운 원룸의 시대에 이르렀다.

나를 위한 방범 창살은 나를 가두고
창살 너머로 일부의 봄이

사그러드는 겨울을 아직도 넘지 못하고
서성이고 있다.

토굴에서 듣다

너구리, 들쥐 따위만 토굴을 파 거처로 삼지 않는다
때로는 사람 또한 땅의 소리를 듣기 위해
토굴을 파 그곳에 안식의 거적을 깔 수도 있다
지상에서 일어나는 일이 땀직하지 않을 때
나는 토굴을 파고들어 땅의 소리를 듣는다
땅의 깊은 곳에서 길어 올리는
빛의 도르래가 감기는 소리
그르렁거리며 어두운 토굴로 서서히 빛이 도드라지면
한때 막막했던 길머리를 틀어쥐고 싶어진다
붉은 천일홍 눈물을 토굴 앞에 두고
겨울의 바람 소리를 들으며
나 또한 눈물 흘릴까도 생각하고
그 바람 맞을까도 생각하는 밤
아랫도리에 찬기 훅 불어와 무릎이 꺾어지면
나 꺾인 무릎으로 바닥에 귀 기울여
땅의 소리를 듣는 그 즐거움이라면
초라한 토굴의 따뜻함이라면

가두어진 바다

강구항 버스정류장에서 한 발짝만 지나면
내 마음이 먼저 왁자지껄하여
이마에 부딪친 찬바람도 들떠 있다.

가두어진 바다,
수조에 밀집된 게들의 거품들이
꿈처럼 부풀어 오르고
호객하는 여자들의 착한 목소리가
내 등을 따라 온다.
낯선 곳에서 하룻밤 쉬어가길 재촉하는 춘기처럼
아득한 그 수조에 갇히고 싶다.
이미 겨울도 도열하여 걸어 나오는 강구항
게들의 거품들로 가득한 강구항

쭉 늘어선 가게들을 지나
강구항 북쪽으로 돌아들면
올망졸망 바위들 고개 들어 물의 방 하나씩 만든다.
거친 파도 한 숨 죽여 고요한 방 하나 만든다.

얼마나 오랜 세월
모든 대양을 돌아 이곳에 가두어지는가.

가두어진 바다,
그곳에 조용히 드러눕고 싶다.
하늘이 훤히 보이는 창문을 달고
하얗게 불어나온 게거품 같은 세상의 각질들을
슬슬 풀어내며
바다처럼 출렁이는 내 마음을
그 사람에게 떠들고 싶다.
가두어진 마음을 보여주고 싶다.

기찬 나무

며칠 전 제 몸의 물을 빼 누런 잎 매달던
뒷산 물푸레나무
세상 일이 바빠 며칠 뒤란 보지 않은 사이
제 살 같은 잎들 다 떨구고
하얀 뼈들로 부딪쳐 달빛 부르는 밤
도리깨 회초리 같은 푸른 그리움인지
웅웅 소리도 내고
하얗게 일어나는 후회인지
차르륵 차르륵 소리도 낸다
그러고 보니 이미 겨울로 넘어와 버렸다
나는 그것이 아픔인지도 모르고
내 마음의 구들장에 군불만 때고 있었는가
달빛 받으면 유난히 흰 살결을 드러내는 그 나무는
무슨 생각이 많아 밤 새는 날이면
따뜻한 겨울 되어 보자고 웅웅 내 방문을 두드려
얼마나 따뜻한 피부를 가졌는지 안아보라 한다
정말이지 무관심해 지나쳤던 일이지만
유달리 지난여름 매미들이

그 나무에 들어붙어 울어대더니,
그 나무 옆에서는 뱀도 자주 목격되더니,
산바퀴나 노린재 같은 것도 자주 보이더니,
그 나무뿌리에는
그것들의 지난여름 열기 가두어 놓은 구멍이 있어
이 겨울에 이렇게 따뜻한 목피를 만지게 해주는가
나와는 다른 기찬 나무라고 생각은 했지만
그 나무 굳이 기다리지 않는 봄을
겨울 금방 지나 봄을 기다리는
나의 심사란 참으로 하찮다 생각한다
첫 눈발 날리기 전 봄을 닦달하는 나에게
그 나무의 생 십 년쯤 거저 준다고
넉넉하게 내게 말하고 있다
기찬 나무 위로 달빛 낮게 벗 삼아 떨어지고
나는 그 나무를 안고 있었다

바람의 냄새

드넓은 세상,
파장 무렵 이마트는 드넓은 세상이다.
나는 술에 취해 길을 잃었고 정신이 드니
내가 서 있는 곳은 액세서리 매장이었다.
인조보석들이 반짝이는 취기들을 하나씩 달고
나비가 되어 빛나는 작은 세상의 바람을
부채질하고 있었다.
이 드넓은 이마트 매장 중 가장 빛나는 세상이다.
사랑한다고 말할 수도 없는 그 여자는
어울리는 머리핀 하나 고르며 함박웃음이다.
중얼거리는 호흡이 바람처럼 흘렀고
그 바람이 내 콧구멍에 이르렀고 흘렀다.

중부아프리카 말라위로 봉사활동 떠난 딸아이
카톡으로 보내온 사진 한 장
딸아이가 안고 있는 검은 피부의
서너 살 돼 보이는 흑인 아이
동그란 눈에 숨찬 바람 숨어 있었음을

"아빠! 아빠 손자예요."
농을 쳐 오는 딸아이의 메모에도
딸의 숨찬 바람 숨어 있었음을
그 아이의 이름은 마히예케*
소아 백내장으로 실명 직전에 있는 그 아이
바람의 냄새 잘 맡을 수 있었으면

언제 한번 바람의 숨소리에서 애증의 냄새를 눈치챘다면
바람이 얼마나 숨차 세상을 떠도는지
한 번은 잘 살펴보아야 한다.
바람의 목구멍에서 단내가 난다.
빗살무늬 구름 사이로 별들은 총총한데
온 우주를 달려온 듯
헉헉 바람의 숨소리에서 아득한 별의 냄새가 난다.

---

*마히예케: 중부아프리카 소수 부족어 롬웨어어로 '가만히 두어라'라는 의미임.

바람과 함께 사라지다*

입 안이 까칠하여 껌을 사러 들렀어
새벽 네 시에 편의점에 가게 된 진짜 이유는 밝힐 수 없어
내 앞에 계산하던 그 여자, 깡마른 여자
나는 그 여자를 우연히 보았던 거야
그 여자는 소주 두 병을 사고
거스름으로 갈색의 입술을 손에 쥐었어
자세히 보지 않았어도 그 입술이 지병을 말하는 것일 테지
아무리 작은 새의 다리도 저렇게 가늘지는 않을 거야
아니 과장하지 않을게
사슴의 다리처럼 가늘어 쓰러질 것 같았어
아마 쓰러졌다면 그 자리에서 화석으로 굳어졌을 거야
그 여자는 신생대 어디쯤,
사랑하는 사람의 팔을 베고 누웠을 것이며 사랑을 나누었겠지
그러나 쓰러지지는 않았어
눈은 움푹 파였고 눈 밑으로 검은 기미들이 보였어
선명한 눈그늘이 회한으로 웃는 듯하였어
꽃무늬 치마에서 꽃향기는 나지 않았어

시큼한 냄새, 삶의 냄새가 어렴풋하였어
편의점 문을 나서는 그 여자의 어깨는
파헤쳐져 있었고 앙상했어
손잡이를 쥐었던 손가락은 오지선다형처럼 애매했어
그 손에 쥐어진 황송한 소주는
비닐봉지 속에서 애매하게 졸고 있었어
나는 내가 산 껌값을 지불하면서도
힐끔 문을 열고 나가는 그 여자를 쳐다보았어
정말 오해는 하지 마 나는,
그 깡마른 여자의 삶을 엿보고 싶었던 게야
얼른 뒤를 좇아갔어 이십 초 상간이었는데 보이지 않아
그 깡마른 여자 광장 같은 거리를 언제 빠져나갔는지
'바람과 함께 사라지다'였어
어쨌든 어느 삶을 엿보게 된 허탈한 새벽이었어

---

*마가렛 미첼의 소설 제목.

활자거미에게 결박당하다

내가 설핏 잠든 사이 그 어둠에도 불구하고 내 한쪽 팔을 단단히 결박하는 녀석이 있는 게지. 움직이는 다른 팔로 불을 켜보니 거미 한 마리 내 팔 하나를 방바닥에 묶고 있는 중, 그 단단함이란 방바닥과 한쪽 팔이 거의 하나가 되었는 게지. 내가 읽고 있던 소설 『난설헌』*의 책등으로 그 거미를 찍어버렸지. 그 속박에서 풀려 나왔던 게지.

그러자 이번에는 『난설헌』의 활자들이 와르르 달려들어 내 영혼을 결박하였던 게지. 한 번에 수천의 활자거미가 몸속의 구멍이란 구멍 모두 막고 나를 황토대리석 바닥에 결박하고 있었지. 두렵고 두려워 『난설헌』의 책등으로 찍어버렸지. 찍으면 찍을수록 활자거미들 수두룩 떨어져 나를 덮었지. 그날 밤 는적거리며 육신이 삭아갔지. 맑은 공기의 길로 여분의 바람이 스쳐갔던 게지.

* 『난설헌』: 최문희 장편소설.

거리

이미 이십 몇 년 전 그놈을 처음 보았을 때
그놈이 내 아내에게 연정을 갖고 있음을 짐작했다.
꽃샘추위처럼 쉬이 사라지는
놈이 아니라는 것도 짐작했다.
삭은 가슴을 품고
첫봄처럼 싱싱한 척하는 야비한 놈이며
호락하지 않다는 것도 직감했다.

나는 한 방에 그놈을 보내버릴 마땅한 방도를 찾지 못하고
이십 몇 년 동안 그놈과 아내와의 연정에 대한
증거를 수집하였는데, 결정적 한 방이 될 수 있는 증거를
예를 들면 너울대는 냄새 풍기며 모텔 문을 나서는
연놈을 목격하거나
혹은 찻집에서 서로 손을 잡고 그놈의 마음이 그렁그렁해
져 있다면
그놈의 눈물에 사계절 이외의 계절이 묻어 있다면
그것은 결정적 증거이므로
원 투 스트레이트, 복부, 복부, 마지막 어퍼컷과 같이

그 시대의 드라마로 끝장을 보았을 텐데
아내와 그놈 사이에 있는 기묘한 거리 때문에
번번이 복수의 한 방을 거두게 되었다.

그 거리는 봄과 가을의 거리와도 같았다.
같은 옷을 입어도 봄은 오는 것이며 가을은 가는 것이므로
손에 잡힐 만큼 가까운 거리이나 결코 만나지지 않는 거리
내가 이러지도 저러지도 못할 기묘한 거리가
그놈과 아내 사이에 있었고, 나는 그 사이에 있었다.

그놈과 아내의 거리는 테이블 하나만큼의 거리
술을 먹으며 이야기를 나누어도
정확히 1m의 거리는 좁혀들지 않았다.
나는 의도적으로 담배 피는 척 밖으로 나가 안을 들여다보
면
어떤 경우 내가 비운 자리로 인해 더더욱 멀어진 거리를
태연히 유지하는 연정 아닌 연정이란 말인가.

나는 지쳐갔다.

세월을 덮고 아내의 연정을 지켜보는 것에 지쳐갔다.

이십 몇 년 전 연적에 대한 복수심과

현재의 야릇한 거리가 허물어져 갔지만

오늘도 낭인과도 같이 그 남자는 언덕을 서성거리고

언덕은 아무렇지도 않게 바람과 함께 흘러들어 오고 있었다.

항변

저녁 퇴근길 마을 회관의 가장 큰 뉴스는 문재 형님 사과밭 이야기이다. 어젯밤 달포 뒤에 수확할 사과나무를 멧돼지들의 습격으로 쑥대밭이 되었다는 걸 어른 키 정도 아래쪽의 사과가 모조리 못쓰게 된 걸 늦가을 가을걷이는 틀려버렸다는 걸 듣는다. 문재 형님 큰 눈 껌벅이며 배 내밀며 태연한 척해도 그 속 시커멓게 타들어가는 냄새 불콰하게 오른 술 냄새 더불어 새어 나오는데, 그놈의 멧돼지 다른 집 과수원은 손도 대지 않고 문재 형님 과수원만 우찌 이리 작살을 내었다냐.

몇몇 동네 사람들과 술 한잔하며 위로를 하고 대책도 세울 겸 갑론을박 온갖 말 지나치는데 일제히 멧돼지 성토에 열을 올린다. 전문 포수를 들이자, 올무를 놓자, 전기망을 설치하자, 이런 저런 말들 가운데 문재 형님 한마디 "멧돼지의 항변이여." 하는 것 아닌가. 불과 며칠 전 풀 베러 과수원에 들렀더니 인기척에 놀란 멧돼지 가족이 산으로 도망을 가고 갓 태어난 듯싶은 고양이만 한 멧돼지 새끼 하나 대열에서 낙오되어 있더란다. 그 새끼를 사과상자에 담아 집으로 가져와서는 우유를 먹이고 사과즙을 내어 입술에 적셔 주며 공을 들였는데 이틀 만에 죽고 말았단다. 야생이 사람을 거부한 그 순간 너무나 안쓰럽고 미안한 마음이 들어 그 새끼를 처음 잡았던 곳에 묻어 준 삼 일 뒤 그 사단이 벌어진 게다.

오늘 아침 사과밭에 가니 처음에는 정신이 아뜩하여 몰랐는데 나중에 보니 묻어 논 새끼 멧돼지가 파내어져 살점이 찢겨져 있고 곳곳에 어미 멧돼지 발자국이 어지럽게 있더군. 제 새끼를 파내어 새끼 가슴을 얼마나 후벼댔을까 생각하니 눈물이 나네. 그 분노가 사과밭으로 올라붙어 눈물이 나네. "눈물 나는 멧돼지의 항변이여."

농사를 포기한 듯도 하고 참으로 불쌍한 멧돼지 새끼를 생각하는 것 같기도 하고 어미의 항변을 받아들이는 것 같기도 한 문재 형님 이야기 듣고 집으로 오는 산길 나는 오로지 두려움에 어둠으로 나가지 못하고 가로등 불빛 아래 오랫동안 서 있었다.

가벼운 이사

죄수처럼 계곡 안으로 이사 들어 산 지가 열흘이 넘어섰다. 이제 라면도 떨어지고 쌀은 있으나 번거로워 새벽부터 캔맥주 한 통 천천히 비우니 산허리 쪽부터 계곡이 싸르륵 접혀 오는 것 같다. 이윽고 정상과 능선이 그리고 나무와 새들이 모두 내가 쳐놓은 텐트 주위로 몰려와 먹고 버린 맥주 깡통을 핥고 있었고 나는 바람을 핥고 있었다.

세상일을 피하여 숲으로 들어왔으나 나무들의 다사다난함이 세상보다 더 치밀하게 이 계곡에 이삿짐을 마구 부려놓았다. 협곡 깊은 곳에서 이내가 흘러내려 나를 덮어가고 있다. 이내 저 끝에 서 있는 여자가 혹시 하며 고개를 들었으나 나뭇잎들이 겹치고 겹쳐 쉽게 잃어버리고 말았다. 집을 떠나기 전 이혼을 결심한 아내가 이사를 선언하였으니, 내 집으로 돌아갈 때쯤 아마 삽자루, 호미 어느 것 하나 녹슬지 않은 것 없을 것이다. 내 집의 서까래마저 녹슬었다면 그냥 빈집으로 두고 다시 숲으로 가벼운 이사처럼 돌아가리라.

가벼운 이사는 언제나 가능한 것이 아니므로

운명 같은 육중한 세간들은

마음 한구석에 해체하고 정리하여

해수병 같은 거친 호흡을 골고루 만져 가라앉히고

작은 살림들에 돋힌 가시들

혹여 내 손을 찌르지 않을까 살펴보리라.

가벼운 이사를 위하여

당당한 가벼움

잎사귀 하나 떨어진다
신록이 참갈로 변하는 세월이
잎사귀 하나 떨어지게 한다

낙엽이 떨어질 때 바람에 팔랑이며
지상에 닿을 때까지 살펴보면
어느 순간 잠시 잠깐
허공중에 멈추어 선 순간을 본 적이 있는가

의지할 가지도 없이
마지막 물 한 방울 다 쏟아낸
바싹 마른 낙엽 한 장도
지상에 닿기 전
공기의 길이 충돌할 때인지
중력의 교란이 일어날 때인지
잠시 잠깐 그 누런 잎사귀
허공중에 가만히 떠 있는 순간이 있다

아래로만 떨어져야 하는

세상의 원칙 앞에서도

사람의 삶이 좌불안석이 되어서는 안 되지

있는 힘 다하여 가지에 매달려

푸르렀던 시절은 그대로 돌려보내고

참 가벼운 몸짓으로 팔랑일 수 있을 때

당당한 가벼움이 무엇인지 생각한다

장엄

세상을 걱정하기 위해 산에 들어서도
좋아하는 술을 마셨네
세상의 술과는 무엇이 다른지 해장술도 하였네
내 여자를 생각했네
통영 어디쯤 해맑았던 내 여자를 생각했네
열흘을 품어 생각하고
살 맞대고 살아온 그 여자 냄새 그리워하였네
딸년을 생각했네
어미와도 같았던 딸년을 잊기 위해
할 일 없이 산사로 찾아들어,
더 깊이 풀어지는 청숲에 숨어들어
소소한 바람으로 한탄하였네
그 딸년이
오늘 한 곡경만이라도 어미를 생각하였는지
단 한번 그 아비를 생각했는지 알 수가 없네
매화산을 오르면서 술을 먹고
가야산을 내리면서 술을 먹고
오후 여섯 시 사십 분

해인사 법고가 울리는 것 까맣게 모르고

저물기 전 술집 가는 길

장엄이 길을 막았네

젊은 학승들 떼로 몰려 앞길 막고

법고 두드리네

지상으로 올라와 더 살이 찐 목어를

죽어서도 눈감지 않는 목어를 두드리는 어린 학승은

언제쯤 익숙한 채잡이가 되려나

월산 스님 학승들 세련은 아니어도

장엄은 하였네

마지막 운판까지 내 발목을 잡아 머무르게 하지만

나는 내일 이 산사 떠난다네

약속한 열흘이 되었다네

장엄이로고

쟁명하다

새벽녘 산사에서 눈을 떴다
날이 새지 않을 시간
밖이 웬일로 훤하다
가끔 멧돼지 출몰한다는 소문이 두렵기도 하고
잠결에 귀찮기도 하여
툇마루에서 오줌을 싼다
오줌이 이내 툇마루 끝을 적신다
보는 사람 없어도 스스로 겸연쩍어
가슴 오그리며 밖으로 슬그머니 나왔다
날이 새지 않을 시간인데 밖이 웬일로 훤하다
세월 가는 줄 몰라 보름 언저리인 줄 알았다
그러나 하늘엔 달이 없고
무수한 별만으로도 밝을 수 있음을 알게 되었다
쟁명하다

제3부

석류

매일 매일이
푸르름으로 출렁대는
그대의 뜰과 같다면
쇠보다도 더 강한 쇠를 벼려
붉은 창을 만들어두고 싶다

혹여 마지막 감추어둔
알맹이 한 알일지라도
뜨거운 여름의 생채기에 몰려드는
뭇 생명의 달콤한 한 끼 식사가 될지라도
그 상처로 남은 신음이
풀벌레 소리처럼 청명해질 때까지
그 창에 등불 하나 걸어두고 싶은,
붉은 염원 하나 걸어두고 싶은,

난설헌을 기다리다

홍인동 73번지 언덕
황량한 바람이 물색 비단 치마를 흔들며 지나갔을 것이다.
두 아이를 먼저 묻고 적막의 세월을
견딜 수 없었을 것이다.
오래비 허봉이 갑산 귀양을 파하고 한양 오는 길
금강산으로 입산한 소식은
차라리 한 세월 끊어 접어버렸음을
다행으로 생각했을 것이다.

고통스런 역주의 삶이 아린 이마에 드러날 때마다
꽃 같은 열다섯 살 먼발치의 사랑하는 님 어쩌지 못하여
설움의 가슴 꼭 꼭 닫고 있었을 것이다.
넘을 수 없는 벽 앞에서
서안을 당겨 마른 붓을 들어 올릴 때
더욱더 투명해지는 육신을 감추기 위해
옷깃 더욱 꽉 조여 매었을 것이다.

그녀가 사라지기 일주일 전

스승 손곡 선생을 찾아
광릉을 떠나 한 맺힌 조선 땅을 주유하다
남쪽 끝 바다에 다다라
내 아픔을 삭이지 못하면 비로소 죽으리라.
창백한 얼굴로 눈물 없이 하직인사가 있었다는
손곡의 일기를 보았을 때
사백 년 전 길을 잃었던 난설헌은
돌아 돌아 반드시 이 길로 오리라.

이곳은 남쪽 바다 끝,
난설헌을 기다린다.
금강산에 들렀다면 반드시 7번 국도 좌석버스 아니면
동해남부선 완행열차를 탔다 하여도 결국은 이곳에 이르러
헤어진 물색 비단치마의 끝단을 수선할 것이다.
바다가 보이는 마지막 마을의 옷 수선집 앞에서
사백 년을 기다려 그녀를 다시 본다면
어떤 말을 처음 할까
그럴싸한 첫 마디 생각하느라

얼핏 든 잠 속에서 꿈인지 생시인지
하얀 소복 입은 난설헌을 보았다.
사백 년 격정이 쌓인 한순간
난설헌의 흰 이마를 만지려는데
아! 그 뒤로 수백 수천의 난설헌들이
내게로 다가오지 않는가.
놀라 깨어 바다를 보니
해무 위로 수천의 나비들이 날고 있었고
더러는 사라지더니, 사라지더니,

그날 이후 난설헌의 기다림을 파, 하였다.

씹고 싶은 밤

고통 후에 희망이 있으리라는 신념은 거짓이었다.
알 수 없는 바람기 같은 허방의 마음을 돌려세워
쌍심지 돋우며 기다린들 아픔만 있을 뿐
아린 가슴 바람에 날리며 밥풀 같은 이빨 몇 개 뽑아
묵정밭에 소리 없이 묻었다.
마지막 숨소리가 층층이 낮은 바람을 일으킨다.
일찍 유학을 떠난 딸들의 이마처럼 맑은 나의 이빨로부터
씹고싶다씹고싶다 소리가 뒤따라온다.
꿈속까지 따라올 것처럼 막무가내 칭얼댄다.
아직 그 이빨 떠난 자리 휑하니 비어 있어 물컹거리고
깊어지는 계절은 옥향나무 뿌리로 내려앉아
당치않다당치않다 고래고래 소리치는 밤
휘이잉잉휘이이이 환청의 밤에
무언가 씹고 싶은 나의 이빨이
어처구니가 되어 방문을 두드린다.

하양지(下陽池)

옆 동네 하양지,
처음 이사 와서는 하양지에는
큰 연못 하나 있으리라 추측하였습니다.
어느 날 산보 삼아 옆 동네에 갔을 때 못은 고사하고
물웅덩이 하나 없어 의아한 생각을 하였습니다.
그 마을 이름에 왜 연못이 붙어 있었을까요.
한참을 생각하며 집으로 돌아오는 길에
쑥덕이는 들꽃 수북한 들길 밑으로
축축한 습기들이 모여
그 아래 사과밭 지나 작은 골을 만들어
총총히 흘러가는 것을 보았습니다.
그 작은 물줄기 끝내는 미나리 밭길로
끝없이 흘러가는 사랑 보았습니다.
못 하나 없는 이 마을에
미나리밭 넘치도록 물이 찰랑이는 것에서
그 동네 전체가 못이었음을 알았습니다.

동네 끝, 숲의 상수리나무 밤나무뿌리 가까이에서

사람이 보이는 동네 입구 신작로까지
눈에 보이지 않는 커다란 못을
이 많은 들풀의 뿌리가 꼭 붙잡고 있습니다.
사람의 삶에도 들풀의 뿌리같이 꼭 붙잡을 수 있는
누군가가 있다면
내 마음속 마르지 않는 못이 있어
미나리깡으로 흘러들 수 있다면
내 마음의 물 마르지 않도록
자주 내 아래에서 반겨 서 있는 누군가에게
쉼 없이 적셔줄 수 있다면 참으로 좋겠다 생각했습니다.
마르지 않은 못은 드러나지 않아도
하양지처럼 내 마음속에
연못 하나 품고 돌아가고 있습니다.

우곡사 얼레지

오래도록 사람의 발자국으로
만들어진 그 길
우곡사 옆 등산로를 오르다 보면
그 꽃을 볼 수 없지
그 길에서 한 발치 벗어나지 않으면
볼 수 없는 그 꽃
그 길 벗어나 마른 나뭇잎
부서지는 소리에
선뜻 고개 들어주는 마지막 공기
생각이 시들시들할 때
더욱더 생각을 묶어
언 땅에 부딪히며 돌아누운 화엄이여
말하자면 우곡사 대각광전 부처님이
어젯밤 아무도 몰래 연애하다
얼결에 잊고 간 갈색의 가사 자락 속으로
함부로 모든 남자 품어 사는
여염의 얇은 입술 있어
가진 것 없어 온몸으로 시주하고

한편에는 꽃값도 주지 않은

어제의 하룻밤이란

나이의 사랑

사랑한다고 고백하니 이빨 빠져 아니 된다 합니다.
이빨이 시려 오기만 하여도 사랑의 나이는 아니라고 합니다.
헌데 통째로 빠진 이빨로 사랑을 하다니
어느 시*에 미수의 노인장 방사하는 장면 염두에 두지 않아
사랑의 나이만을 손꼽아 계산하니
사람은 나이의 사랑을 알지 못하여
오만 것에 사랑 얽어매는 기술만 늘어
나이의 사랑을 눈뜨고도 찾을 수 없는 시대가 되었습니다.

사랑의 나이는 어리광처럼 풋풋하다고
혹은 절벽처럼 참혹함 속에 가슴팍 기꺼이 부딪치는 것이라고
그 절벽의 홀로 핀 붉은 꽃에 가닿지 못하여 아롱지는 것이라고
사랑의 유전자는 결국 슬픔이라고 말합니다.
그러나 사랑의 나이는 언제나 따뜻한 잎 하나 열게 하고
그 신산의 기쁨으로 기억되게 합니다.

나이의 사랑은 바람 부는 언덕을 걸어 내려오는 발자국처럼 아련하여
이러구 저러구 나이의 수만큼 생각들이 많아
언제나 멀리서 눈 지그시 바라볼 뿐입니다.
혹은 정녕 도달할 수 없는 먼 우주의 행간에서 의미를 찾으므로
결코 말하지 않습니다.
벼랑의 먹먹함이란 그냥 내친 바람을 들이키고
그 벼랑의 붉은 꽃에 가닿지 못하여 서성거리다 돌아옵니다.
돌아와 적요한 비애로 또 몇 날을 보내게 됩니다.

비 오는 날 자목련 꽃잎이 떨어져 가더라도
슬픔의 눈물 잊은 듯 아주 느리게
그 잎이 어떻게 삭아 가는가 볼 뿐입니다.
그러나 나이의 사랑은 바람 찬 언덕의 공명과도 같이
약속한 계절이 아니어도 내 앞에 놓여 옵니다.

---

*정진규 시 「폭설의 밤」(시집 『본색』).

디에고 코이*

그는 아무것도 말하고 싶지 않았다. 다만 사람의 생에 주어진 신의 의무를 주워들어 내게 주었다. 아무런 변명도 말하고 싶지 않았다만 입술로 불멸에 대한 의지를 거부하고 있었다. **불멸**이기에는 도처에 상처가 너무도 많았으므로 불멸은 어디에도 없었다.

발을 멈추고 사람의 불멸에 대해 생각하였다. 연필로 나의 눈을 쑤시면서 불멸이란 이런 것이구나 생각하였으나 그것은 이미 불멸이 아니었음을 사선으로 쏟아지는 불빛을 통하여 보았다. 혈관으로 빛이 통과되며 일그러지는 **형벌**의 표정들을 오줌 지리며 불멸이 아님을 말하고 싶었다.

물이 흘렀다. 사람의 몸에서 강처럼 물이 흘렀다. 그 여자의 얼굴은 약간 일그러지기는 하였으나 빛이 얼굴에 흘렀고 빛은 피부가 되었다. 빛은 물이 되었고 물은 반짝하며 흘렀다. 피부가 한 겹 한 겹씩 벗겨지며 창백함이 더 선명하게 **반사**되어 갔다.

그는 세상에 가득 찬 적의를 나에게 말해주었다. 찢어지지 않는 비닐로 그 여자의 얼굴을 덮는다면 더 이상 불멸이 아님이 어떤 것인가를 말하지 않아도 불멸이 아님을 알 터인데 **빛 없이 어둠 또한 없다**는 것은 빛과 어둠의 상관을 보여주는 것이 아니다. 벼랑에 선 또 하나의 벼랑이 저항하고 있었다.

그 여자의 저항은 곧 불멸이 아님을 물을 통하여 말하고 있었다. 불멸이 아닌 것에 마구 비춰대는 무용의 불빛, 그 불빛만이라도 끄고 싶었다. 혹시 어둠 속에서는 불멸인가를 확인하고 싶었다.

---

*디에고 코이는 독학으로 그림을 습득한 이탈리아 천재 화가로 불리며 하이퍼 리얼리즘 미술가로 현대 미술의 중요 인물이다. 오로지 연필로만 사진보다 더 정교하고 사실적인 그림을 구현하고 있다.

**불멸, 형벌, 반사, 빛 없이 어둠은 없다: 디에고 코이의 작품.

강가에서

강의 이편은 울음이고, 저편은 고요하다.
정지된 듯한 시간은 물과 함께 흐르고
절편처럼 강물들은 잘려 흐른다.

좀처럼 들르지 못하였다가
어느 유월의 강가에 서보니
유월 또한 그 강바닥으로 사라진다.
잘 건사된 좁은 길을 따라
수초들 저마다 길게 자라 있고
하늘이 낮게 가라앉아 강의 수면 아래 누워 있다.
언젠가 한 번은 저 아래로
물의 길을 더듬고 싶었다.
때로는 울면서 여울의 어깨가 들먹거리고
강심을 바라보며 갈 수 없는 곳에 대한 슬픔이
목젖까지 차올라 온다.

바람 부는 강가에서
사랑의 뿌리를 생각하노니

서걱이는 물풀의 피부들은
각처에서 제각각의 사연을 물고
몰려든 물들의 돌아가지 못하는
사연들을 어루만지고 있다.

고요한 저편 옷깃을 여미는 여자의 그림자가
길게 강의 여울에 일렁인다.
모든 시간이 바스락거리며 바람에 흔들린다.
오래지 않은 시간에 해 저물면
세상은 서서히 고립되어 가고
나 또한 고립의 깊은 꿈으로 젖어들어 가면
혹시 그 꿈속에서나마 강의 저편에 가닿을는지
내일이면 빈 강바닥 보일는지

오늘밤

온달에서 꺾여
흐릿하게 비추는 밤
숲에는 커다란 성교가 있나보다
온 산이 밤새 그르렁거렸다

서어나무는 상수리와
살매나무는 그 아래 굴참나무와
리기다소나무조차도
짝을 찾는다

내 뜰의 노각나무는
몇 발치 떨어진 너도밤나무와
살 섞고 있다

내년 봄에는
참으로 볼 만하겠다

환한 달밤

밤에 잠자리에 들 때
문을 잠그기는커녕
문을 활짝 열어두고 자는 버릇이 생겼다
혹시 떠난 아내가 돌아와
쉽게 내 옆에 누울 수 있도록
버튼식 방충망만을 닫고 잔다

오줌 마려워 눈을 뜨니
내 옆에 여자가 누워 있다
어릴 적 먹던 삼립빵 카스테라 같은
젖을 달고 내 옆에 누워 있다
말랑말랑하고 환했다

이빨을 위하여

딸들아 이제 너의 이빨을 조심하여라
남은 생들은 반드시 그 이빨로 승부가 나리니
사랑하는 남자가 나타나면
몸도 마음도 몽땅 바쳐 사랑하되
이빨만큼은 빼주지 말아라
차라리 그 이빨을 날카롭게 벼려
사랑하는 남자의 목숨을 위협하여라

딸들아 애비가 이빨의 신 앞에서 참언하나니
결코 그 이빨을 상하게 하지 말아라
너는 물결에 흔들리는 물풀 같은 사람이지만
이빨을 위해서만큼은
너희 세상의 전사가 되어라
이빨로 꽃과 같은,
풀과 같은 것을 씹지 말아라
이빨을 금방 무디게 해
흙속 어딘가에 숨어 있는 자객에게
너의 목숨줄을 주게 되리라

마음을 죽이고 몸을 죽이는 일은 있어도
더운 여름에도 이빨만큼은
결코 바람을 쏘이지 말아라

딸들아 애비가 절벽 앞에서 선언하나니
이빨로 부드러운 것을 씹지 말아라
세상의 부드러움은 안개와도 같은 것
안개의 입은 거대하여 출구조차도 찾을 수 없으니
그 부드러움에는 얼씬도 하지 말고
뜨겁게 울컥 떠나고야 말 일이다
그렇지 않으면 결국 그 이빨을 잃어버리게 될 것이다
부득불 너의 생 앞에 죽음이 오더라도
두려워하지 마라
마지막 고비에서
그 이빨이 하나의 절정을 만들어 가나니
그러므로 고비가 곧 절정이니……

세한도

선생님, 대둔사 경내로 드는 가을 길은 어찌도 이리 고적한지요. 성글어진 마른 잎들은 곧 떨어지겠습니다. 그사이 햇살은 칼국수처럼 쏟아지겠습니다. 전주, 남원을 거친 팔백리 길은 젊은 호송군관도 지치게 하거늘 어찌 남은 열흘의 바다를 날아 오셨는지요. 지엄한 군주의 명으로 선생님 발밑을 보아드리지 못하고 먼발치에서 고개만 주억거린 천리 길, 못난 제자의 옷고름마저도 헐거워지니 선생님의 마음속에 세상의 섭섭함이 혹여 스며들까 눈물로 염려합니다.

나설 때와 물러설 때를 알라고 가르치신 선고의 말씀은 이미 제주 변방에 이르기 전 모두 말라가고 부서져 흩어집니다. 실은 선생님께서는 나서지도 물러서지도 않고 그냥 그 자리에 그 모습으로 있을 만한 모습으로 있었으나 대정* 바다처럼 언제나 세상은 야속함이 오월의 부들처럼 붉게 피어납니다. 선대의 의기가 수렴의 시대를 만나 옴짝달싹하지 못하였을 뿐이며 선생님께서는 제자의 눈앞에 좌정하신 그대로임을 믿습니다.

위리안치의 형벌로 세한의 시대를 시작한 선생님께서 탱자나무 가시울타리에 찔린 영혼의 선혈로 도배하는 모습을 멀리서 보건데, 그 방은 바람이 무릎을 파고드는 중이라 무너질 파(破) 자로 등에 돌 하나 업고 엎드려 있는 듯합니다. 여념 없이 북창을 향한 몸도 사모님의 정성 어린 유배 겹옷 안에서 떨고 있을 것입니다.

세한도 서첩을 바랑에 메고 가는 역관의 길이란 참으로 구차스러우나 그리움으로 가득한 사람의 몸에서 나는 장작 타는 냄새가 세한도 서첩을 담은 바랑에 가득하여 거룻배 한 조각에 몸을 의지하는 저에게 깊은 위안이 되옵니다. 아직 갈필조차도 채 마르지 않았는데 선생님을 떠나야 하는 야박함이라니, 추운 날의 시절을 제게 주시니 마음이 오그라들어 눈물만 나올 뿐입니다.

---

*대정: 제주성 서쪽 80리에 위치한 마을. 추사의 유배지.

산, 새벽

바람이 오리나무 두꺼운 잎을 밟으며
성큼성큼 산에서 걸어 내려오고 있다.
고라니 마른 잎 밟는 소리 같은 기침으로
칭얼대며 걸어온다.
혹시 반짝이는 잎들의 윤기가 긁히지 않았는지
안쓰럽게 쳐다보는 하현달
하현 눈썹이 바람에 흔들린다.

깡마른 그 사람처럼 벌써 잎 벗은 싸리나무가
바람의 무동을 타고
하늘하늘 옷깃을 날리며 온다.
징글징글 귀신새 둥지로 돌아가고
밤새 쏘다닌 지친 다리 쉬어갈까 하고
계곡의 작은 물줄기에 머리 누이는 새벽
나는 꿈속에서 이곳에 이르렀으니
더 이상 정답다 칭얼대는 소리도 고요한 새벽

산의 새벽을 바라보며

물 한 잔 놓아 드려 밤새 마른 목 축이고
베개는 가운데를 두드려
바람이 꿈속 드나들게 하고
창문 슬쩍 닫아 공기의 길 열어두고
혹시나 산의 목 아래 가슴 위까지
단정하게 이불을 펴 덮고 있는 새벽을 바라보며
싸리나무는 이러지도 저러지도 못하고 능선에 서 있고
아직 잠들지 못한 몇 개의 바람이
세상을 보살피며 산 아래로 내려간다.

달빛 화살

짜앵—

새벽녘 유리창이 깨어졌다

자고 있던 나는 소스라쳤다

살대가 꺾인 달빛 화살이었다

깨어진 유리에 부딪쳐 반짝였다

휘익—

눈 깜짝할 사이 두 번째 화살이었다

내 가슴에 정통으로 꽂혔다

파고드는 살대가 파르르 떨렸다

핏물이 런닝구를 적셨고

참으로 맑고도 밝았다

제4부

조기

너 발해만 어디쯤에 집을 두어 이 여린 황금색 지느러미로 난해를 찾아 여기까지 왔느냐 때로 회유하지 못한 꿈들을 불러일으키기 위해 얼마나 많은 날 눈물 흘렸느냐 아픈 눈물 바람에 말라 이제 그 눈도 매캐한 핏발만이 일렁이는구나 너에게 잡을 수 없는 꿈이었다면 유월 그 산란의 계절이 그립구나 너의 회유가 그립구나 언제나 후회와 희망은 생의 뒤에서 펄럭이며 거머리처럼 붙어 따라오는 법 아니면 투명한 수천의 비늘처럼 상처로 달라붙어 오는 무엇인가가 내가 너를 다시 보는 까닭이다 나의 살결 겹겹이 네 생의 한 움큼 바다가 비린내로 물들면 나 또한 시원한 너의 육즙이 눈 내리는 바다의 한 풍경으로 다가옴을 알 것이다 나는 너의 배를 갈라 푸른 바다가 담겨 있는 어혈을 칼등으로 긁어 비릿한 삶의 흔적을 정리한다 바위는 바위대로 물풀은 물풀대로 사랑은 사랑대로 그 푸르름마저도 정리될 때 삶이 한 가웃도 되지 않는 비린 생선과 같음을 깨닫는다

화살나무

조금 더 깊숙이 살의 냄새에
박힐 수 있도록
바람의 때를 볼 수 있다면

이 땅에 깊게 박은
뿌리조차도 단번에 뽑혀
푸른 하늘로 솟아 간다면

가지마다 코르크 깃을 달고
살수(殺手)의 울분에 찬 마지막 한 방처럼
온몸,
온 마음의 날을 세워 터진다면

이미 굽은 등을 더 굽혀
활털의 시위에서
굳어진 송진가루가
햇빛에 반짝이며 하늘로 휘날리면

그래도 붉어지지 않는 뿌리에도
절명의 용을 써
한꺼번에 모든 가지
세상의 시위를 떠난다면

그렇게 단 한번에
마음의 오늬를 깊게 메겨
시위를 떠나고 싶다면

가을바람 한 점에
붉어진 얼굴로
바람을 타고
절창의 깊은 소리를
단 한번 내어 봤으면

약수암에 들다

어디를 떠돌다 약수암에 이르러
나뭇잎 한 잎이
세상을 가릴 수 있음을 알았네
자불거리는 경 외는 소리가
세상의 노래처럼
어찌 이리 머릿속 가득 쌓이고
세상에 놓여났던
처사들의 머리는 텅 비어
몇은 산방에서 잠들고
몇은 산곡간에 들었네
불두화 꽃송이 같은
푸른 어혈을 쏟아낸 어젯밤
보살들의 생리는 고요 속에 끝이 났네
지현 원주 스님 출타하는 곳으로
따라가지 못한
겁 많은 시자(侍者) 산고양이는
지현 스님 방문 앞 섬돌에 놓인
밤잔물에 목 축이고

스님 대신 목소리 높여
불경 외는 오후
어디를 떠돌다 약수암에 들어
또 한세상의 재미를 정리하네

아내의 매운탕

아내가 떠난 후
아내보다는 아내의 매운탕이
더욱 그리워졌다
봄바람에 허방을 짚어 늦게까지 술잔을 기울인 다음날
나는 꿈속에선가 아내의 물 긷는 소리에 깨어나
거실 끝에 닿아 있는 주방 쪽을 바라본다
평상시 말이 없는 아내는
요리할 때에는 잘 들리지 않는 목소리로
자분자분 아주 많은 말들을 하였다
내가 듣기에는 이녁의 술 탓을 하는 것은 아니고
필시 까탈스러운 아이들 입맛까지 두루 맞추어야 하는 것 때문인가

도마에 조기새끼 몇 마리 올려
비린 삶의 깃발처럼 펄럭이는 지느러미를 자르며
아내의 얼굴은 푸르렀다
사르륵 등지느러미를 자를 때에
그 경쾌한 칼 긋는 소리에 따라 아내는 말을 한다

칼날이 도마에 부딪칠 때

도마에는 조기의 핏물이 스민다

아내는 손질된 생선을 끓는 물에 넣을 때까지 중얼거린다

나는 아무 생각 없이

저 매운탕이 매워야 할 것을 걱정한다

아내가 떠난 후 아내보다는 아내의 매운탕이 그립다

아내의 중얼거림이 그립다

가난한 사랑

북녘의 가슴들 허물어뜨리는
오만한 바람들이 빛바랜 꽃 벽지에
부딪혀 방으로 구른다

때로는 어느 전장의 후미진 곳에서
강릉 유씨 퇴역 어부의 마나님 가슴처럼
빈약한 바람들 사랑 나누고
그래도 갈 수 없는 고향 언저리
멀리 떨어져 말뚝 박으며 사랑 나누고
인정머리 없는 남쪽으로
가난한 사랑들 두텁게 이야기하며
오백 리 어디쯤인가
주문진 구룡포를 돌아
우리의 가난은
두어 평 남짓 셋방에 이르렀는가

사람도 바람도 그렇게 떠돌아 지나가고
인정 어린 어부가나

소주 한 잔 힘 빌어 불러볼까
때로는 무릎을 치며 장단을 맞추어
이미 녹슨 목청을 돋워줄까
가난도 사랑도
질펀하게 쏟아 볼라나

옹골진 소리

문명은 소리를 낳는다
칙 치르르 칙 치르르

내가 아직 태어나지도 않았던 시대
서정의 시대에 갇혀 살았던 그 옛날
풀 잎사귀 밑의 풀여치 소리 같은
칙 치르르 칙 치르르

아니 그보다는 조금 강하게
슬픈 밥알들이 해방을 기다리며
툭툭 튀어 오르는
아니 시원의 시대에
햇살 돋우는 빛을 향해
튀어 오르는 반짝이는 고비
에움길에 떨어지는
물방울 소리
치르르 치르르 칙칙

그보다는 조금 빠르게
기왕이면 새롭게
허기가 마음까지 이르도록
문명은 소리를 낳고
귀는 밤잠 설치는 이명의 시대에
전기압력밥솥 쌀이 익어가는 소리는
지친 칼바람 접는 소리
칙 치르르 칙 치르르

사람의 문명은 낯선 소리 많이 만들었으나
오, 쌀알이 익어가는 숙명의 소리보다
옹골진 소리 없었으니
칙 치르르 칙 치르르

터지고 물들이는

중천의 달보다는
새벽녘 서쪽 뫼등에 걸려 있는 달이 붉다
중심에서 확산되는 빛이 붉어
금방이라도 터질 것같이 부풀어 있다
누군가를 향한
붉은 펌프질을 하다가는
달 지기 전 언젠가 터져
저 세상 너머
흘러
스며
붉게 적셔
물들일 것이다

중천의 해는
눈부시기는 하나 희거나
오히려 투명에 가깝지만
뉘엿뉘엿
저녁 무렵

서쪽 하늘 해가 터져
해의 핏줄이 온통 세상을
붉게 적셔
사람들의 얼굴에 스며든다

사람의 생 또한
중천의 시간보다
마지막 지는 한 시간
붉어야 하겠다
마지막 육신을 터뜨려
어느 누군가를 붉게 물들이는
그날은
어느 누군가에게 스며야겠다

풍란 꺾이다

떨어졌다
화분을 옮기다 솜솜한 이끼 틈에
위태롭게 걸터앉은 풍란 툭, 고개를 꺾는다
어허, 가여운 것 손으로 받쳐 세워 올리지만
이미 물기가 마르기 시작했는지
이끼부터, 뿌리부터 찍어 내리며
갈풀 바람에 날려 흩어지듯 떨어졌다
풍란의 마지막 각혈
피 두어 방울 소매에 튀었다
붉었다

장어탕

나는 담담히 시원하게 뻗은 장어의 곧은 등을 보았네
회갈색 선은 지리멸렬한 삶의 흔적을 보이는 고달픔의 상징으로
세찬 조류의 파도 소리를 담고 있었네
은회색 배는 또 다른 삶의 희망쯤으로 엿보일까
그가 꿈꾸던 하늘같이 단단한 무게를 담고 있었네

떠난 지 오래된 아내의 무딘 칼이지만
깊이 그 배를 찔렀네
칼날이 무딘 등에 이를 필요도 없이
가슴에 품고 있는 예리한 회한으로
길고도 긴 그 삶을 도려내었네
이 세상의 모든 것은 생긴 것만큼 그윽하여
개수대에 꺼내어 논 내장에서 이름 모를 치어들의
돌아누운 삶을 보았네

이미 냄비의 물은 적당한 온도로 데워져
희디흰 속살의 아픔을 감추어 버리고

살이 익고 뼈가 익기에는 긴 시간도 필요치 않으나
오래도록 그 그윽한 삶의 희뿌연 물을 우려내고
고르게 익은 장어를 채에 받쳐
굵은 고통의 뼈들을 발라내고
장식 같은 잔뼈 조금은 들어간들 상관있으랴

그 살들을 으깨어 잔기침들을 만나게 해주고
맵싸한 여름 한철 땡초 냄새며
알싸한 방아잎의 푸른 냄새며
세상을 맵게 산 어머니의 고추장 몇 숟가락
아내보다 더 붉은 고춧가루 한 줌
일가 파한 뒤 묵정지 밭에서 겨우 구해낸 시래기
대파는 그 마디를 크게 하여
그들의 삶의 모습 약간 엿보이게도 했네

그 모든 것 장어를 발라낸 살과 함께
커다란 양푼이 하나에 넣고
그들의 어깨 짓눌러

우리 삶이 언제나 거추장스러운 장식과도 같은
자존심을 훌훌 털어내고
다시 한 번 끓여
모든 세상의 정체를 알 수 없도록 끓여,
그 비릿하며 구수한 장어 냄새가 섞여
어제 먹은 술 속을 달래나 주고
그제야 장어탕에는 장어가 없다는 것과
내 삶에 내가 없음을 깨달았네

낮달

아직 날빛은 사라지지 않았고
때는 낮결 조금 지나
창명한 폐부를 뚫고
해끄레한 영혼들만이 빈 길 따라
고샅으로 돌아가는 오후

때로는
사람도 하얀 눈을 뜨고
바람에 스러져 가나니

어느 날 두꺼운 기억만으로는
사랑의 문 열지 못하여
바람 속으로 스며들어
들풀의 꽃술을 열어가나니

유리 같은 바람의 계단을 걸어
그대 문풍지 소리 없이
흔들어 떨리게 하나니

아아, 절명의 그리움
또 한 번 지나서
낮달은 내게로 오나니

어촌에서

한낮 다락에서 잠자던 어구를 깨워
그들의 어깨는 다듬어 곧게 펴고
앞마당에 널린 지친 그물의 뼈마디를 어루만져
이 땅덩이의 바람들
툭 툭 털어내고 함지에 정돈한다
세상이 바쁘게 신작로를 밟으며 돌아간 후
주린 회리를 흔들며
늘상 일어남을 꿈꾸던 간선도로는
꼬리에 단 기억을 펄럭이며
바다로 사라졌다
이미 텁텁한 야식을 준비한 후
어귀쯤에서 햇살로 빗질하는 아내는
그해 여름을 깁고 있다
긴 해안을 돌아 조무래기들은
한 무더기 해조를 들고 배고프다 떠나가고
또 한 무더기 늙은이들은
체험의 기슭에서 화투를 나눈다
해파리처럼 목덜미를 휘어 감는 생활을 위해

세수도 하지 않은 무산의 해변을 흘러
두 손으로 소리 없는 나발을 만들어 불며
지향처럼 가볍게 바다로 향할까
가난한 광목 돛처럼 나르는 새떼의 젖은 이마는
한 소절 가락을 채우듯
한 움큼씩 무지개 꽃을 바다로 던지고
선창은 늘 푸른 물빛으로 깨어나
기억의 뒤편으로 사라진다

하관(下棺)

마지막 바람이 작은 산등성이 주름으로
성급히 쏟아져 내린다
그 꼬리를 쥐어 당기며 이윽고 팽팽한
빨랫줄로 수십 해를 삭여왔던
눈물이 뚝. 뚝. 떨어진다
그리하여 변두리에서도 몇 치 떨어진
어머니 치마폭 같은 텃밭에 고여
우리 염치없는 얼굴들을 담아낸다
당신의 팔뚝으로 씻어낸
눈에 익은 모든 문설주는
초라한 가을 들로 떠나왔다
아버지는 가문 들녘의 한 켠에서
종내 오지 않았던 사랑을 기다리며
흰 머리카락으로 배어나오는
들풀을 보았다
멀지 않은 이랑 사이로 두엄더미로
우리들 땅들은 또 몇 해를 번져 떠나는가
사소한 일도 아닌데

가을은 사소하게 저물며

그 위로 서늘한 바람 잠시 불고

저녁 햇살로 길게

드러눕는다

영험한 무당

십 년, 혹은 십오 년 후
그 어느 날의 오후에
나는 제법 영험한 무당이 되어
그동안 내가 풀어놓았던
백 마디의 씨앗과
그 씨앗의 바람들을
거두어들이고 싶다

젊은 날 심각한 삶의 적의를
새벽까지도 잠들지 않는
지독한 적의를 거두고
술잔 기울이며 쏟았던 난상은
바로 내 발 뒤편에 수북하여 거두고
사랑한다사랑한다 달빛 같은 말도
여위어 가는구나
그 또한 거두어들여
파쇄의 쓴맛을 보여주겠다

모든 욕망이 길을 만들고
그 길을 따라 나선 생각의 잔뼈를
몽땅 거두어
도말의 뜨거운 맛을 보여주겠다

혹여 조금 농담 섞인,
그래서 가볍디가벼운
날개를 달고 세상천지 모자라
구천으로 사라진 말들을 찾아
그것들 거두기 위해
그 어느 날 오후에는
영험한 무당이 되고 싶다

만어사 경석

만 마리의 물고기가 돌이 되었다 하여
작정을 하고 만어사를 올랐다
낑낑대는 물고기들의 뒤척거리는 소리를 들었다
뒤척거리는 낌새로 삼만 오천육백 개까지 세었다
만 마리의 물고기가 새끼를 틀어
셀 수도 없는 바다를 만들어 가고 있는 중이다
그 돌 세느라
어산불영의 미륵바위도 보지 못했다

해설

막연함과 막막함 사이의 위로(慰勞)

백인덕 시인

1.

모든 사태(事態)가 해명되어야 하고, 온갖 사건에 다 의미가 부여되어야만 하는 것은 아니다. 시는 누군가에겐 애써 남겨야 할 기록이지만, 다른 누군가에겐 그저 징후를 읽어내려는 주문(呪文)일 수도 있다. 묻지 않고 지나칠 때가 많다. 심정적으로 다 받아들이지만 굳이 입 밖으로 꺼내면 복잡한 층위와 차원으로 묻고 답해야 하는데, 그런 행위가 사실은 눈앞에 실재하는 작품의 감상이나 이해에 아무 도움이 되지 못할 경우가 적지 않기 때문이다. 시는 언제 만들어지는가, 환원(還元)하면 시적 동기(motif)를 묻고 있지만, 답할 수 있는 경우의 수가 무한(無限)에 가깝기 때문에 이 질문은 그 자체로 무화(無化)한다. 차라리 이 작품의 작자는 어떤 동기로 이런 '시(poet)'를 썼을까, 시어, 행, 연 등의 구조적 요소나 작품의 뉘앙스(mood)에서 찬찬히 조각의 퍼즐을 맞춰 전체를 상상하는 게 더 바람직하고 유용할 수도 있다.

시작의 때, '시작'은 중의(重意)적으로 '처음'과 '시를 짓다'를 의미한다. 당연히 '때'는 '시기(時機)'와 '과오(過誤)'를 함축한다. 우리는 무언가를 만든다. 이 '짓다'라는 행위는 결코 선형(線形)적이지 않아서 어떤 원인이 결과를 초래하지만, 그 결과가 원인이 되고, 원인이 결과를 재배치하는 묘(妙)한 뒤틀림이 일어난다.

봄볕 한 움큼으로
갓 피어난 인동초 흰 꽃
겨울의 앙금으로 핀 꽃
오랫동안 바라보니
내 마음속 남아 있는 겨울바람이
그 꽃의 고개를 꺾어 버리고 말았다

그 겨울 인동초 같은
꺾어질 꽃 하나 두고
산방에 들어 사는 나 또한
사람의 마을에 가까이 가고 싶은 게다
아직 녹지 않은 잔설들처럼

흙 묻은 얼굴로 저만치 앞서가는
봄의 뒤태를 자꾸 살피는 것이
마음의 앙금 어지간히 깊은 게다
참말로 어지간히 질긴 게다

—「인동초 같은」 전문

자연은 본디 자기의 법칙만을 따른다. 사실 따져보면 '자연의 교란(攪亂)'이라는 말처럼 현대문명의 오만을 그대로 드러내는 말도 없을 것이다. 인간, 혹은 인간적 행위를 자연 변화의 가장 크고 중대한 요소로 생각하기 때문이다. 어쩌면 과학적 진술이 시적 비유를 탐(貪)한 결과일지도 모른다. 그러나 시작은 '감정이입'을 거부하지 않는다. 그 원천(源泉)의 차이는 '지향'의 차이에서 비롯한다. 시인은 "봄볕 한 움큼", 즉 표상으로서의 "인동초 흰 꽃"을 보았다. 그것은 "겨울의 앙금으로 핀 꽃"이다. 결국 '흰 꽃'은 '봄볕'으로 핀, 겨울의 '앙금'이 된다. 즉 '봄과 겨울'이라는 이중성, 또는 경계를 함축하게 된다. 하지만 여기에 시인이 개입하면서 "내 마음속 남아 있는 겨울바람"이 더해지고 "그 꽃의 고개를 꺾어 버리고" 만다. 지나치게 빠른 낙화를 시인은 자신 탓으로, 즉 자신을 상황에 투사하면서 자신만의 계절을 만들어버린다. 물론 그것은 일반적인 순환을 따를 이유가 없다.

유상열 시인은 시작의 첫걸음을 떼면서 진술하면서도 묵

직한 '시인의 말', 즉 사람의 육성(肉聲)을 들려준다.

어딘가에 가닿고 싶은 것이 사람의 본질일 것이라 믿는다.

그럼에도 사람은 결코 어디에도 닿지 못할 것이라는 것 또한 믿고 있다.

누군가에게, 무엇엔가, 어딘가에 닿고자 하는 욕망이 다만 우리를 살게 할 뿐이다.

오래전부터 시에 가닿고 싶었다.

그리하여 시가 내 영혼은 물론 내 살결까지도 어루만져 주기를 바랐다.

작은 나무 잎사귀 떨어져 냇물에 떠내려간다.

어디쯤에 이르러 닿고 싶을 것이나 그때쯤 세상의 자양으로 돌아갈 것이다.

—「시인의 말」 전문

이 글은 이번 시집의 자서(自序)이면서 앞으로 유상열 시인이 열어갈 시세계의 '서시(序詩)'로서 충분히 제 역할을 다하고 있다.

시인은 1연에서 '사람의 본질'이라고 했지만 이는 풀어 말하면 숙명, 즉 시인의 인생관의 표현에 다름 아닐 것이다. 2연은 '욕망', 즉 '삶의 원동력'을 말한다. 그리고 3연에 이르러 '시작의 근본 동기'를 드러낸다. 끝으로 마지막 연에서는 그 결과, 즉 "작은 나무 잎사귀"의 행로로 비유된 시인이 예상하는 시작의 경로, 심지어는 종국을 보여준다. 이 글 하나를 가지고 '본질주의'니 속탈(俗脫)의 포즈가 지나친 '허무주의'니 왈가왈부하고 싶지 않다. 그것은 시인이 만들어가야 할 자기 삶의 경로이지 선언으로 선취(先取)할 수 있는 것이 아니기 때문이다.

고통 후에 희망이 있으리라는 신념은 거짓이었다.
알 수 없는 바람기 같은 허방의 마음을 돌려세워
쌍심지 돋우며 기다린들 아픔만 있을 뿐
아린 가슴 바람에 날리며 밥풀 같은 이빨 몇 개 뽑아
묵정밭에 소리 없이 묻었다.
마지막 숨소리가 층층이 낮은 바람을 일으킨다.
일찍 유학을 떠난 딸들의 이마처럼 맑은 나의 이빨로부터
씹고싶다씹고싶다 소리가 뒤따라온다.
꿈속까지 따라올 것처럼 막무가내 칭얼댄다.
아직 그 이빨 떠난 자리 휑하니 비어 있어 물컹거리고
깊어지는 계절은 옥향나무 뿌리로 내려앉아
당치않다당치않다 고래고래 소리치는 밤

휘이잉잉휘이이이 환청의 밤에
무언가 씹고 싶은 나의 이빨이
어처구니가 되어 방문을 두드린다.

—「씹고 싶은 밤」 전문

무엇을, 시인은 단호한 시적 명제로 선언한다. "고통 후에 희망이 있으리라는 신념은 거짓이었다."라고. 일반적으로 이런 금언(金言)은 보편적인 상황에 대한 것으로 개별 상황에서는 쉽게 수긍되지 않는다. 게다가 '신념'이라고 했다. 신념이란 여러 요인에 대한 자기 해석이 결부될 때 형성되는 것이므로, 즉 '타자의 것'이 아니라는 점에서 더 혹독하다. 그래서 시인은 "아린 가슴 바람에 날리며 밥풀 같은 이빨 몇 개 뽑아/묵정밭에 소리 없이 묻"음으로써 '허방의 마음(시간)'을 건너려고 한다. 하지만 그 자세는 아직 완숙(完熟)에 이르지 못했다. "씹고싶다씹고싶다"는 칭얼거림과 "당치않다당치않다"는 '고래고래 소리'가 밤마다 번갈아 내 '귀'를 가득 메우고 있기 때문이다.

하지만, 어쨌든 "무언가 씹고 싶은 나의 이빨이/어처구니가 되어 방문을 두드린다."는 것은 "오래전부터 시에 가닿고 싶었다."라는 '시인의 말'보다 시작 동기(動機)가 구체적으로 형상화된 것임에는 의심의 여지가 없다.

2.

거대한 댐과 같은 인공물이 무너지고 주저앉는 것도 그 시작은 아주 작은 '실금'에서 비롯한다. '막연하다'와 '막막하다'는 사전적으로는 거의 같은 의미로 사용되곤 한다. 하지만 시이기 때문에, 최소한 시적 담론(談論)에서는 극히 미세한 뉘앙스의 차이에 집중해야 할 때도 있다. 유상열 시인의 이번 시집은 그 '막연함'과 '막막함'이 미세한 차이를 보이면서 일정한 방향을 잡아간다는 특징을 드러낸다.

> 이곳은 남쪽 바다 끝,
> 난설헌을 기다린다.
> 금강산에 들렀다면 반드시 7번 국도 좌석버스 아니면
> 동해남부선 완행열차를 탔다 하여도 결국은 이곳에 이르러
> 헤어진 물색 비단치마의 끝단을 수선할 것이다.
> 바다가 보이는 마지막 마을의 옷 수선집 앞에서
> 사백 년을 기다려 그녀를 다시 본다면
> 어떤 말을 처음 할까
> 그럴싸한 첫 마디 생각하느라
> 얼핏 든 잠 속에서 꿈인지 생시인지
>
> 하얀 소복 입은 난설헌을 보았다.
> 사백 년 격정이 쌓인 한순간

난설헌의 흰 이마를 만지려는데
아! 그 뒤로 수백 수천의 난설헌들이
내게로 다가오지 않는가.
놀라 깨어 바다를 보니
해무 위로 수천의 나비들이 날고 있었고
더러는 사라지더니, 사라지더니,

그날 이후 난설헌의 기다림을 파, 하였다.
—「난설헌을 기다리다」 부분

기다림처럼 막연한 행위가 또 있을까, 게다가 한 생 이상의 시간적 간극이 가로놓여 있다면, 그 기다림은 실제적인 무엇이 아니라 상징적 표상이 되고 만다. 시인은 자신이 '남쪽 바다 끝'에 거처하고 있다는 이유만으로 난설헌을 기다린다. "금강산에 들렀다면 반드시 7번 국도 좌석버스 아니면/동해남부선 완행열차를 탔다 하여도 결국은 이곳에 이"를 것이란 추론은 매우 합리적이지만 사실은 엉터리다. 사건이 일어나려면 공간의 3차원에 시간이라는 하나의 차원이 더해져 4차원의 시공이 형성될 때만 가능하다. 이를 모를 리는 없을 것이다. 다만 시인은 '역주의 삶'에 느낀 동질감과 손곡의 일기에서 본 난설헌의 하직인사, "광릉을 떠나 한 맺힌 조선 땅을 주유하다/남쪽 끝 바다에 다다라/내 아픔을 삭이지 못하면 비로소 죽으리라."는 처연(悽然)한 처지에 자신을 비유하고 싶었을 뿐이었던 것이다. 그러므로 이 작품에서 읽게 되는 난설헌의 신산(辛酸)은 그대로 시인의 그것을 유비한다고 할 수 있다.

어쨌든 시인은 이번 시집 곳곳에서 막연했던 자신의 상황을 암시하는 작품을 곳곳에서 보여주는데 거기에는 한결같이 '바람', '안개', '노을'처럼 실제하지만 실재를 확인하기 어려운 현상들이 매개가 된다. 가령, 「푸른 안개」에서는 "내가 가는 모든 길은 안개의 길이었어. 바다에도 가고 산 깊은 암자에도 갔었지. 그때마다 어김없이 그곳에 있었지. 그 사람도 푸른 안개였지."처럼 내내 제 몸을 휩싸고 있지만 '정체불명'인 것으로 드러나고, 「가난한 사랑」에서는 "북녘의 가슴들 허물어뜨리는/오만한 바람들이 빛바랜 꽃 벽지에/부딪혀 방으로 구"르며 '강릉 유씨 퇴역 어부의 마나님'과 이어지는 '가난한 사랑'을 무섭게 각인(刻印)하기도 하고, "사람의 생 또한/중천의 시간보다/마지막 지는 한 시간/붉어야 하겠다"(「터지고 물들이는」) 다짐하게 하기도 한다. 즉 시인에게 막연함은 결과이면서 원인이기도 한데 문제는 어떤 것이 어느 것의 결과이고 그로 인해 또 다른 무슨 사태가 진행되었는지가 분명하지 않게 진행되어 왔다는 것일 것이다. 하지만 이러한 막연함은 한순간에 명료하게 길을 내어주기도 한다. 시인은 이를 "그날 이후 난설헌의 기다림을 파, 하였다"라는 선언을 통해 드러낸다. '꿈인지 생시인지'(사실 그 여부가 아니라 부지

불식간이라는 의미가 중요하다) 시인은 "사백 년 격정이 쌓인 한순간"에 직면한다. '하얀 소복'을 입은 난설헌을 만나 그 이마를 짚어보고자 했던 것이다. 그런데 "수백 수천의 난설헌들이/내게로 다가"온다는 꿈의 영상은 "해무 위로 수천의 나비들이 날고 있"음을 보는 순간 막연한 기다림의 문제가 아니라 수백 수천의 '사라짐'을 목도(目睹)해야 하는 존재의 문제로 가닥이 잡힌다. 비로소 시인은 "본질은 그 안개 너머에 있으므로/안개에 가려진 삶이란/참으로 처연한 것/기가 찬 것/안개의 두께만큼/한탄스러운 것"(「안개 너머」)임을 인정할 수 있게 된다.

너구리, 들쥐 따위만 토굴을 파 거처로 삼지 않는다
때로는 사람 또한 땅의 소리를 듣기 위해
토굴을 파 그곳에 안식의 거적을 깔 수도 있다
지상에서 일어나는 일이 끔찍하지 않을 때
나는 토굴을 파고들어 땅의 소리를 듣는다
땅의 깊은 곳에서 길어 올리는
빛의 도르래가 감기는 소리
그르렁거리며 어두운 토굴로 서서히 빛이 도드라지면
한때 막막했던 길머리를 틀어쥐고 싶어진다
붉은 천일홍 눈물을 토굴 앞에 두고
겨울의 바람 소리를 들으며
나 또한 눈물 흘릴까도 생각하고

그 바람 맞을까도 생각하는 밤
아랫도리에 찬기 휙 불어와 무릎이 꺾어지면
나 꺾인 무릎으로 바닥에 귀 기울여
땅의 소리를 듣는 그 즐거움이라면
초라한 토굴의 따뜻함이라면

—「토굴에서 듣다」 전문

모든 일은 순간적으로 일어난다. 아니다, 전조(前兆)가 길수록 사건의 진행이 빠르다고 해야 할지도 모른다. 시를 쓴다는 것이 자기만의 성채(城砦)를 짓기보다는 제 몸에 알맞은 '토굴' 하나 파는 것이라고 한다면 지나치게 낭만적인 정의가 될까, 그렇지 않은가. 성채는 높이 도드라져 타자를 내려다보려는 욕망의 결과이고, 토굴은 최소한의 흔적으로 잦아들어 타인과 공명(共鳴)하려는 의지의 발로가 아닌가. 시인은 이를 명확하게 알고 있고, 자신의 거처를 '토굴'로 만들면서 "나 꺾인 무릎으로 바닥에 귀 기울여/땅의 소리를 듣는 그 즐거움이라면" 어떤 남루(襤褸)도 부끄러워하지 않을 것이란 당찬 결의를 드러낸다.

막연함 뒤의 막막함이란 길을 찾을 수 없다는 데서 비롯하지 않는다. 그것은 오히려 뚜렷하고 분명해지는 길 위에서의 자세, 보폭과 속도 같은 것들과 나아가 시선과 더 많이 결부된다. 그것은 시를 짓는 사람으로서의 시인이라는 정의를 끊

임없이 개인적 특성으로, 자기만의 시어로 재정의해야 하기 때문이다. 이와 관련해서 유상열 시인이 '배내재고개'나 '하양지' 등을 새롭게 보기 시작했다는 것은 자못 의미심장하다. 「하양지(下陽池)」에서 시인은 "마르지 않은 못은 드러나지 않아도/하양지처럼 내 마음속에/연못 하나 품고 돌아가고 있습니다."라고 시작에의 은근한 기대를 드러낸다. 이런 낮은 자세가 새로 이사한 마을에서 '하양지'를 발견해냈듯 막연함을 걷고 마주한 '시의 길'에서 비록 처음은 막막할지라도 새로운 '나'를 발견하고 형성해나갈 수 있을 것이다.

3.

유상열 시인의 첫 시집을 읽으면서 형상화라는 단순한 잣대만 들이대면 충분히 일독할 가치가 있는 여러 작품들, 가령 「항변」, 「가벼운 이사」, 「당당한 가벼움」, 「이빨을 위하여」, 「영험한 무당」 등의 작품을 부러 건너뛰었다. 그 이유는 "십 년, 혹은 십오 년 후/그 어느 날의 오후에/나는 제법 영험한 무당이 되어/그동안 내가 풀어놓았던/백 마디의 씨앗과/그 씨앗의 바람들을/거두어들이고 싶다"는 바람이 아직은 열린 괄호로 계속 남아 있어야 하기 때문이다. 그보다는 나무 한 그루로 세상이라는 폭풍 속에 서 있어야 하는 막막함이 지금은 더욱 중요하기 때문이다.

조금 더 깊숙이 살의 냄새에
박힐 수 있도록
바람의 때를 볼 수 있다면

이 땅에 깊게 박은
뿌리조차도 단번에 뽑혀
푸른 하늘로 솟아 간다면

가지마다 코르크 깃을 달고
살수(殺手)의 울분에 찬 마지막 한방처럼
온몸,
온 마음의 날을 세워 터진다면

이미 굽은 등을 더 굽혀
활털의 시위에서
굳어진 송진가루가
햇빛에 반짝이며 하늘로 휘날리면

그래도 뽑어지지 않는 뿌리에도
절명의 용을 써
한꺼번에 모든 가지
세상의 시위를 떠난다면

그렇게 단 한번에
마음의 오늬를 깊게 메겨
시위를 떠나고 싶다면

가을바람 한 점에
붉어진 얼굴로
바람을 타고
절창의 깊은 소리를
단 한번 내어 봤으면

—「화살나무」 전문

유상열 시인은 "살수(殺手)의 울분에 찬 마지막 한 방" 시로 번역하면 "절창의 깊은 소리"를 꿈꾼다. 물론 더 기다려볼 수밖에 없는 노릇이지만, 막연함이 찰나의 섬광(閃光)으로 쪼개졌듯이 이제 시작되는 막막함도 순간 환해졌다 어두워지기를 무한 반복할 것이다. 그 모든 경과(經過)가 숙명이고 자연임을 잊지 않으리라 믿어 의심치 않으며, 그의 첫, 걸음에 동조자가 된 점을 기쁘고 영광스럽게 생각하며 글을 마친다. 첫, 시집의 상재를 축하드린다.

이 도서의 국립중앙도서관 출판시도서목록(CIP)은 서지정보유통지원시스템 홈페이지(http://seoji.nl.go.kr)와 국가자료공동목록시스템(http://www.nl.go.kr/kolisnet)에서 이용하실 수 있습니다.(CIP제어번호: CIP2018009775)

문학의전당 시인선 0279

당당한 가벼움

초판 1쇄 인쇄 2018년 4월 2일
초판 1쇄 발행 2018년 4월 9일
지은이 유상열
펴낸이 고영
책임편집 서윤후
디자인 헤이존
펴낸곳 문학의전당
출판등록 제2017-000002호
주소 서울시 마포구 마포대로 11길 91, 3층
전화 02-852-1977 팩스 02-852-1978
전자우편 sbpoem@naver.com

ISBN 979-11-5896-368-2 03810